这本《自然故事》属于：

_____

_____

_____

献给我爱的T.C.
——尼克·道森

献给奥利维娅·伊莎贝尔·康利和托比·福斯特·斯图宾斯
——帕特里克·本森

图书在版编目（CIP）数据

去北极 : 迁徙路上的动物 / （英）尼克·道森文 ; （英）帕特里克·本森图 ; 王春，刘泰宁译. -- 杭州 : 浙江教育出版社，2020.9（2022.11 重印）
（自然故事. 第2辑）
ISBN 978-7-5722-0478-4

Ⅰ. ①去… Ⅱ. ①尼… ②帕… ③王… ④刘… Ⅲ. ①儿童故事－图画故事－英国－现代 Ⅳ. ①I561.85

中国版本图书馆CIP数据核字（2020）第120738号

引进版图书合同登记号 浙江省版权局图字：11-2020-241

Text © 2011 Nick Dowson
Illustrations © 2011 Patrick Benson
Published by arrangement with Walker Books Limited, London SE11 5HJ
All rights reserved. No part of this book may be reproduced, transmitted, broadcast or stored in an information retrieval system in any form or by any means, graphic, electronic or mechanical, including photocopying, taping and recording, without prior written permission from the publisher.
Simplified Chinese translation edition is published by Ginkgo (Beijing) Book Co., Ltd.
本书中文简体版权归属于银杏树下（北京）图书有限责任公司

浪花朵朵

去北极

迁徙路上的动物

[英]尼克·道森 文　[英]帕特里克·本森 图
王春　刘泰宁 译

浙江教育出版社·杭州

在我们这个世界的最北端，
有一块巨大的荒凉之地，
叫作北极。

这里的冬天，太阳从不升起，
暴风雪席卷了暗夜，
就连海面也结了厚厚的冰。

那时,
北极就像一个冰冷的荒漠。

只有极少数动物
如北极熊和北极狐,
能靠皮毛御寒,存活下来。

但当春天来临,
带着阳光和温暖回到这片大地,
北极就开始了变化。

在冰冻的海面下,
微小的藻类开始大量繁殖,
冰面呈金黄色。

而在陆地上,
植物逐渐从融化的雪中长出来,
苔原变绿了。

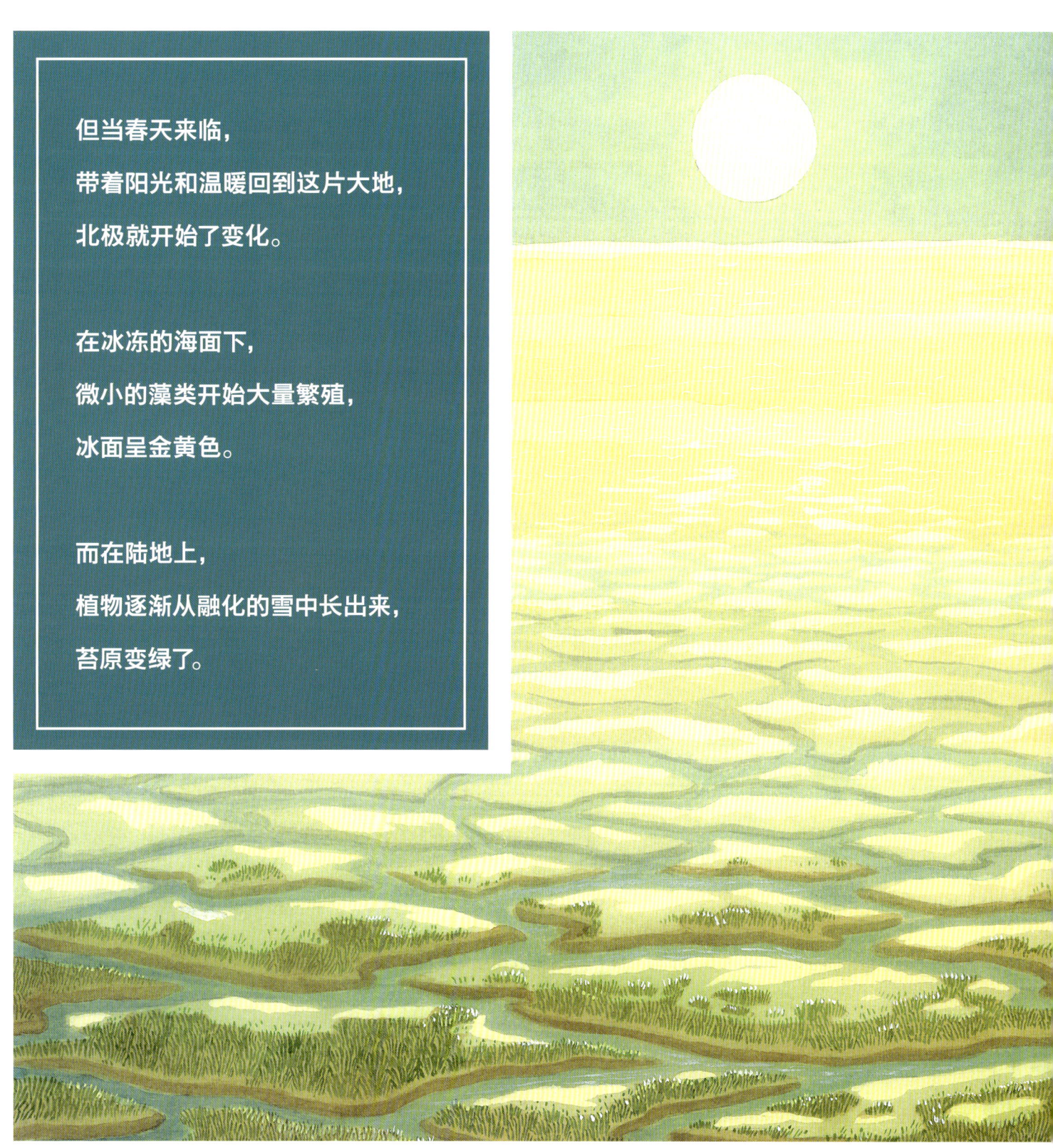

现在，狐狸和熊寂寞地外出觅食。

但不会太久……客人很快就来了。

每年春天，
许多种动物都会开启北极之旅。

它们知道，这里有很多食物可吃，
有足够的空间可供
繁殖、喂养后代和游逛，
所以纷纷来到北极。

数百万动物冒着巨大的风险，
从全球各地飞向、走向或游向这里。

这是世界上最伟大的旅程！

在这群即将踏上旅程的动物中,
最先动身的是灰鲸。

这头灰鲸很年轻。

当灰鲸游过蓝色的墨西哥潟湖时,
水从它那附着藤壶的头上滑下
——它游过螃蟹,经过沙滩,
和船只、其他鲸鱼擦身而过,
然后进入冰冷的太平洋。

在长达8个星期的时间里,
它将一直向北方游,
全程不吃任何东西……

途经洛杉矶、

旧金山、

温哥华岛、

安克雷奇——进入北极圈。

灰鲸在海洋中游了约8000千米，
而这些鸟的飞行距离是
灰鲸的2倍。

三月，燕鸥从世界的南端
——南极洲出发。
与灰鲸不同，燕鸥们边飞边吃。

它们眼睛锐利，
一看到水中银波闪动
就俯冲而下。

在它们上空，
更大的鸟在等待。

这些贼鸥会欺负燕鸥，
偷吃它们的鱼：
在这条通往北极的路上，
贼鸥会一直欺负燕鸥……

其他鸟类也在准备向北迁徙。

启程前,它们积蓄飞行所需的能量。

在新西兰一道遮蔽条件较好的海岸上,一对斑尾塍鹬正将喙啄入淤泥里,寻找昆虫、虾和贝类。

在墨西哥一片收割后的农田里,
雪雁正搜寻着残留的谷粒。

在中国的一个湖边,白鹤在吃草。

它们的长腿走起路来如同芭蕾舞演员一般优雅。它们用巨大的喙撕开草根来吃。

这段通向北方的旅程，
有些动物飞过去，
有些动物游过去，
其他动物则走过去。

北美驯鹿在黑暗的
加拿大森林里过完冬季。
现在它们怀着身孕，
离开这里。
当它们在厚厚的积雪中跋涉，
渡过冰冷、湍急的河流时，
它们的毛呈空心管状，
不仅能保暖，
还能在游泳时增加浮力。

灰狼悄悄地跟在它们后面,
注视着其中的体弱者,
希望趁机逮住一头跛腿的驯鹿,
吃一顿美餐。

驯鹿群来到大海附近,
只要再向北走约640千米,
它们就能吃到新鲜的树叶和
嫩芽了。

到了地势较高的安全地带,
雌驯鹿就会产下小驯鹿。

不远处,一头1个月大的太平洋海象宝宝正跟在妈妈身后,一起滑入四月冰冷的海水里。海象妈妈长得大大的、胖胖的,它将带着海象宝宝沿着阿拉斯加海岸慢慢地向北游。饿的时候,它们会从北冰洋海底捕捉贝类来填饱肚子。

北部海域中还有很多
体型较小的生物在畅游。

产卵后，银鲱鱼群会向北游，
它们以繁茂的浮游生物群为食。

银鲱鱼的鳞片像镜子一样明亮，
它们鱼鳍对着鱼鳍，一起转向。

银鲱鱼产下的小鱼苗就跟在
鱼群后漂着：
五月，在挪威海中，
数万亿条小鱼苗被水流冲走。

长着灰色长牙的一角鲸，
就像童话里讲的那么奇特，
也加入北上斯匹次卑尔根岛的
旅程……

到了五月底,
这些迁徙的动物都聚集到了
世界之巅。
在这里,即便最冷的冰封的海
也在融化。

冰原裂开,
弓头鲸用它们又厚又硬的头盖骨
将冰层彻底撞碎。

新的海路上挤满了
游往北极的动物。
它们会竭尽所能游到
旅程的终点……

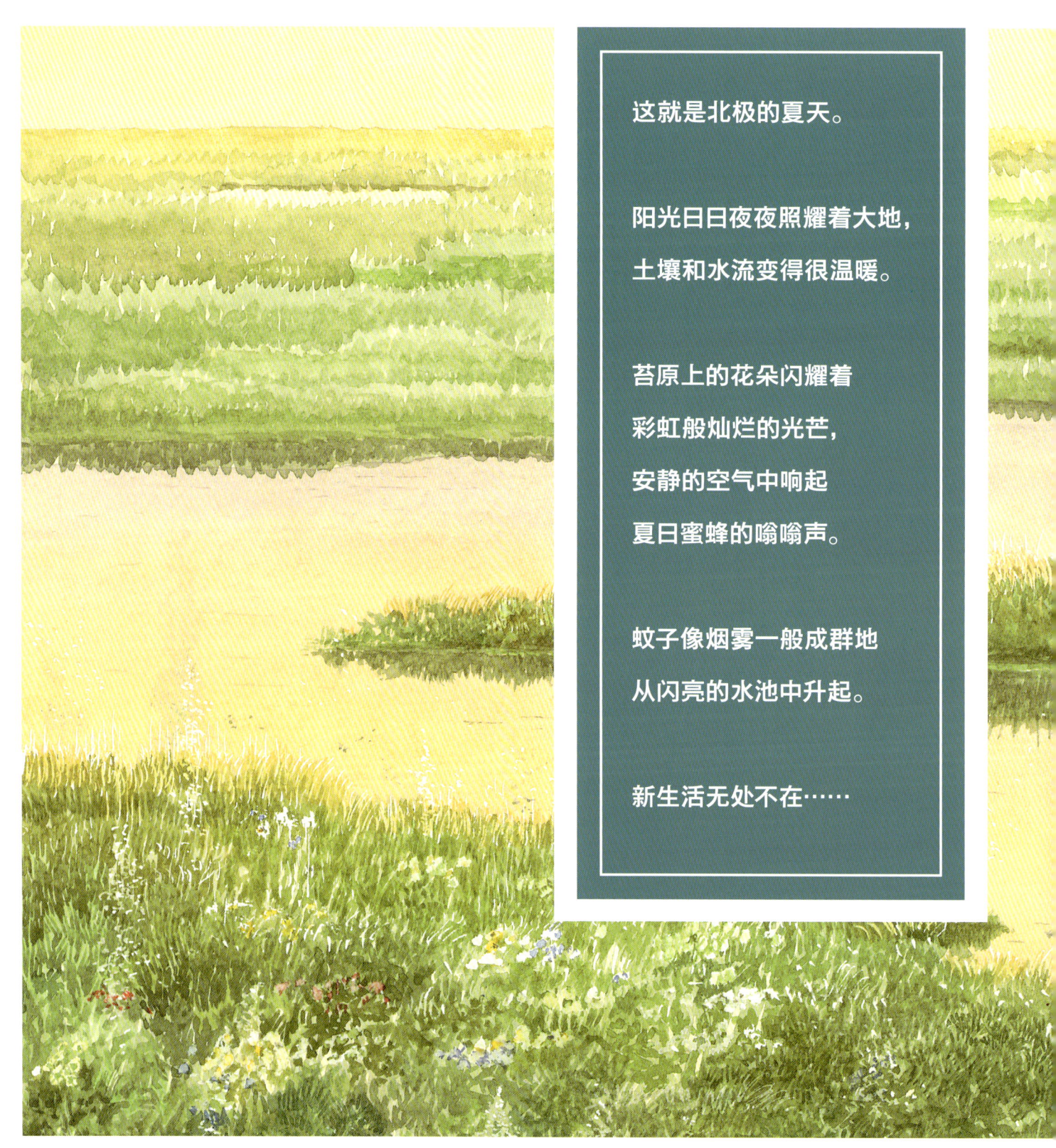

这就是北极的夏天。

阳光日日夜夜照耀着大地,
土壤和水流变得很温暖。

苔原上的花朵闪耀着
彩虹般灿烂的光芒,
安静的空气中响起
夏日蜜蜂的嗡嗡声。

蚊子像烟雾一般成群地
从闪亮的水池中升起。

新生活无处不在……

然而，九月来了。

白天越来越短。

阳光日渐暗淡，刮起了风。

小燕鸥、雏雁、小鹤和小塍鹬
展开翅膀在试飞的时候，
鲸鱼和海象则在忙着填饱肚子。

不久，这些迁徙动物都将向南方旅行
——回到它们过冬的地方。

冰封的海面异常平静。
雪覆盖了大地。
冬天再次降临北极。

现在,北极熊、北极狐、麝牛和北极兔在寒冷的夜晚孤独地漫步。

但这并不会持续太久……

春天的阳光总是暖洋洋的。

而世界各地的野生动物,
将再一次踏上迁徙之路——

这是世界上最伟大的旅程!

北极并不是一块大陆，而是一个海洋区域，包括数千个岛屿以及北美、欧洲和亚洲的北部地区。

它的面积约为1400万平方千米，和俄罗斯的面积大致相当。

北极是地球上第二冷的地方。冬季，太阳一直在地平线以下，气温会降低到-40°C。

因为天气太冷，风太大，北极的大部分地区都不适合树木生长，但较矮的开花植物可以存活。

只有少数几种动物能全年都生活在北极，它们是北极熊、北极狐、麝牛和北极兔。

每年春天，180多种动物从世界其他地方迁徙到北极。

最靠近北极点（那里气温最低）的海洋永久冻结，形成的冰层被称为冰冠。

近年来，由于全球变暖，冰冠开始融化。一些北极本土动物面临着灭绝的威胁，尤其是北极熊。

温暖的北极海水也威胁着生活在那里的浮游生物——它们是迁徙到北极的鸟类、鲸和鱼类的主要食物来源。

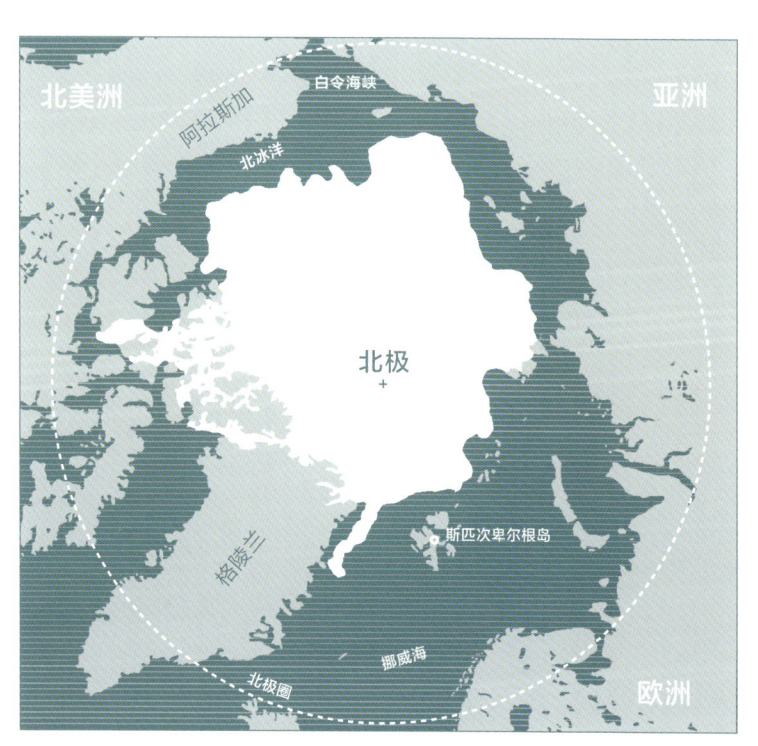

藻类——原始的低等植物，没有根，生长在阳光充足的水中

北极圈——地图上环绕北极地区假想出的一条线

暴风雪——伴随着寒冷和强风的猛烈雪暴

灭绝——某种植物或动物全部死去，永远不再出现

鱼苗——从鱼卵中孵化出的幼鱼

全球变暖——地球平均温度上升

冰冠——外形与大陆冰川相似但规模小，穹形更为突出的覆盖型冰川

迁徙——为了觅食或繁殖，动物进行的大规模、远距离的迁移

浮游生物——漂浮在海面附近的微小植物和动物

海路——在海洋中穿越融冰的路线

淤泥——位于海洋或河流底部的细小泥沙和石头颗粒

产卵——鱼将卵产在水中

苔原——一片没有树木的平原，其土壤保持冰冻状态，当夏天冻土融化后，植物才能生长

白鹤	24—25
斑尾塍鹬	22—23、46—47
北极狐	6、11、50
北极熊	6—7、10—11、50
北极兔	50
春天	8、11、52
冬天	4、50
鲱鱼	32—33
浮游生物	33
弓头鲸	36—37
海象	30—31、42—43、46—47
灰鲸	12—18
灰狼	28—29
嫩芽	29
麝牛	50—51
夏天	40—45
雪雁	24—25
驯鹿	26—29、44—45
燕鸥	18—21、46—47
阳光	8、40、46、52
一角鲸	34—35
贼鸥	18、20—21

文　尼克·道森

教师、博物学家、作家。他喜欢野外和生活在那里的动物。《虎妞妈妈》《寻找家园的熊猫》也是他的作品。他住在英国的萨福克郡。

图　帕特里克·本森

获得过鹅妈妈奖、克里斯托弗克大奖和库尔特·马斯勒奖。他为罗尔德·达尔、罗素·霍本和马丁·沃德尔画绘本，和马丁·沃德尔合作的《猫头鹰宝宝》成为国际畅销绘本。他住在苏格兰。

写给家长

　　与孩子们分享书籍是帮助他们学习的最好方法之一，也是他们学习阅读的最佳方式之一。《自然故事》是一套自然知识绘本，插图精美，屡获奖项。这套书重点描绘动物，对孩子们有非常强烈的吸引力。孩子们可以反复地阅读和体会这套绘本，或许可激发对一个主题的兴趣，进而深入思考和探索，发现更多知识。

　　每本书都是对现实世界的一次历险，既丰富了孩子们的阅历，又培养了他们的好奇心和理解能力——这是最好的学习方式。